와온에 가거든

양광모 기행 시집

# 와온에 가거든

푸른길

생의 절반을 길 위에 있었다.


동으로는 울릉도, 독도

서로는 홍도, 흑산도, 백령도, 대청도

남으로는 제주도, 추자도, 마라도, 보길도

북으로는 백두산, 천지.


고성 통일전망대부터 해남 땅끝마을까지

수십 차례를 떠돌았고

원대리 자작나무와 선운사 동백, 순천 와온해변,

창녕 우포늪과 화순 운주사, 비양도를 사랑했다.


그렇게 길 위에서 쓴 시들을 모아 한 권 시집으로 선보인다.


지금 당장 길을 떠나라고

머뭇거릴 시간이 없다고

세상이 얼마나 아름다운지 아느냐고.

다시 돌아올 때 그대 시인이 되어 있으리니

바라건대 어느 날 우리 그곳에서 마주칠 수 있기를!

시인의 말

# I. 자작나무숲으로 가자

# II. 비양도에 가서 알았다

## Ⅲ. 농암정, 세상에서 가장 높은 곳

# IV. 운주사에서는 천 불이 함께 모여 산다

I

자작나무숲으로 가자

# 산

사람들은 말하지
— 다시 내려올 걸 무엇 하러 올라가나

산도 말한다네
— 다시 내려갈 걸 무엇 하러 올라오나

# 자작나무숲으로 가자

자작나무숲으로 가자
백색 사원의 수도승들
온몸에 흰 눈 뒤집어쓴 채
100년 묵언에 잠겨 있는 곳

푸른 지붕 사이로 새어 든 햇살이
고요마저 삼킨 적막을 자작자작 비춰
이곳에서는 생도 길을 잃고
이곳에서는 죽음도 영원히 머물며
살고 싶어지느니

보아라 생이여!
이렇게 사는 법도 있지 않느냐
저렇게 죽는 법도 있지 않느냐

원대리에서는
삶도 죽음도 입을 다물고
거침없는 바람만 자작자작
생의 비의秘義를 허공에 흩뿌린다

# 원대리에 가시거든

원대리에 가시거든

푸른 잎과 흰 껍질이 아니라

백 년의 고요를 보고 올 것

천 년의 침묵을 듣고 올 것

자작나무와 자작나무가

어떻게 한 마디의 말도 주고받지 않고

만 년의 고독을 지켜 나가는지

그대 원대리에 가시거든

사람의 껍질은 잠시 벗어 두고

이제 막 태어난 자작나무처럼

키 큰 자작나무 아래 앉아

푸른 하늘을 어린 눈빛으로 바라보다 돌아올 것

# 겨울 원대리

씻을 죄라곤
한 점 없을 삶인데도
겨울 내내 흰 눈으로
온몸을 씻고 있는
자작나무 사이를 거닐며
바람이 불 때마다 쏟아져 내리는
소금 같은 눈사발
몇 됫박 뒤집어쓰고
흰 슬픔으로
검은 영혼을 씻기다 보면
어느새 봄볕보다 따스한
겨울 원대리

# 백두산

돌아가거든 사랑하란다
푸른 하늘을 품고
흰 구름을 품고
별을 품고
빗방울과 눈송이마저 품고
돌아가거든 천지처럼 살란다
궁리나 셈 따위랑 잊어버리고
한세상 그저 천치처럼 사랑하란다

# 한라산

한라산에 오른다

더 높이 올라갈 곳도 없고

더 멀리 나아갈 곳도 없고

더 깊이 가라앉을 곳도 없는데

그깟 것은 보아 무엇 하느냐며

안개가 한 손짓에 휘휘 지워 버리는

이 세상 낮은 땅의 일들이여

그래도 아직은 내 가슴에 따스한 바람 불기에

더 높이 올라갈 곳을 찾아

더 멀리 나아갈 곳을 찾아

더 깊이 가라앉을 곳을 찾아

다시 한라산을 내려온다

# 청대산 1

당신에게 줄 별 하나 얻으려 올랐는데

별이란 별은
모두 땅으로 내려와
청초호에 둘러앉아 목을 축이고 있다

몇은 웃고
몇은 울고
몇은 호수에 얼굴을 씻고
몇은 어디론가 꽃잎처럼 흘러가고

흰 구름 사이로 고개를 내민
별 하나 이제라도 내려갈까 망설이는데

바다가 먼저 발길을 돌려
별들의 마을로 걸어온다

# 청대산 2

밤이 오면
사람의 집들이
별들의 마을로 변해

청대산 밤벌레는
오늘도 시 한 수

백 년을 살아도
속초에 가 본 적이 없다면
인생을 헛산 것이오*

백 번을 갔어도
청대산 야경을 본 적이 없다면
속초를 헛간 것이다

* 중국에서는 "장자제(張家界)에 가 본 적이 없다면 인생을 헛산 것"이란
  말이 전해 내려오고 있다.

# 울산바위

왜 혼자 왔냐며
하얀 얼굴이 울상을 짓는다

바위도 흔들린다고
흔들려도 굴러떨어지지만 않으면 된다고
저 바위는 수만 수십만이 흔들어도 끄떡없는데
겨우 한 사람이 등 떠민다고 밀려나느냐고

돌아가라고
울산바위 아래 흔들바위처럼
그 사람 곁을 천년만년 지키라고

나의 얼굴이 하얀 것은
눈물로 씻은 까닭이니
너희들의 사랑도 흔들릴 때마다
눈물로 씻으라고

# 한계령

천천히 넘어라
서둘러 봐야 인제다

# 한계령에서

서울 같은 여자야

나는 겨우 인제다

양양을 지나

동해 어느 작은 바닷마을 해변에 닿으면

너의 눈물과 나의 애태움과

그 큰 도시의 그늘 같던

어떤 사랑에 대해 몇 글자 적어 놓으려니

훗날 너도 한계를 넘는 날 있거든

잠시 차에서 내려

한계를 어슬렁거리며

동쪽에서 불어오는 바람 소리에

귀기울여 보아라

그토록 우리가 갈망하던 것이

모두 발 아래 있느니

그토록 우리가 서성이던 것이

푸른 하늘 아래 가장 푸른 것이었느니

내 생에 서울이었던 여자여

나의 사랑은 인제다

# 겨울 한계령

한계령도 넘는데
그깟 벽 하나 못 넘느냐고

쇠사슬에 발목이 묶여도
한계령을 넘는다고

흰 눈을 뒤집어쓰고도
겨우내 얼지 않는 나무들이 있는데
도대체 네 심장의 빙점은 몇 도냐고

무채색 호통이 고요히 울려 퍼지는 곳
도대체 한계를 제대로 알고는 내려가느냐고

# 선자령

선자령만큼 울기 좋은 곳을 알지 못하네
손등으로 훔칠 필요도 없어
풍차처럼 가만히 서 있으면 되지
닭똥 같은 눈물조차
바람에 날려
금세 흔적도 없이 사라져 버리는 곳
선자령만큼 눈물이 잘 마르는 곳을 알지 못하네

닥쳐라 그쳐라
선자령은 이리 호통하겠지
그까짓 게 무얼 그리 얼얼하다고
산 아래 낮은 슬픔들을
예까지 끌어안고 올라와 호들갑이냐
나는 여기서 수만 년 찬바람을
알몸으로 맞으며 살아가고 있느니

선자령만큼 후련한 곳을 알지 못하네
사람에게서나 사랑에게서나
생에게서나

살 에는 듯한 바람 맞을 때
선자령으로 가라

닥쳐라 그쳐라
이 세상 가장 큰 바람을 맞다 보면
작은 바람쯤은 울 일도 아니다 싶어지리니
선자령만큼 눈물이 시원한 곳을 알지 못하네

# 구룡령

가을 푸른 날에
홀로 구룡령을 넘는다
산 너머 은행나무들도
황금 비늘 떨구며 하늘 날거늘
구름 한 점 없는 날이라도
어찌 승천을 꺼려 하랴
오늘 이후로는
십룡령이라 부르라

# 토왕성폭포

그저 그런 사랑이라도
마쳐야 하는 날엔
은하수 건너
토왕성폭포로 가자
백만 광년쯤 떨어진 곳에서 떨어져 내리는
폭포 소리에 묻어 울어도 보고
계곡물에 슬쩍 눈물도 흘려 보고
저물녘까지 바위처럼 앉아
돌아갈 곳을 잊다가
별 하나 둘 셋
어깨를 기대고 둘러앉는 밤이면
은하수 이편 건너
푸른 별로 돌아와
다시는 떨어지지 않을 사랑을 하자
다시는 천 길을 떨어져도 좋을 사랑을 하자

# 사랑질

여름 장마 물러간
용문산 들머리, 누구를 생각하는가
단풍나무 키 작은 푸른 잎에
살짝 홍조가 번진다

— 철없는 것들, 벌써 단풍질이야!

천오백 년쯤 살았다는
은행나무는
시퍼렇게 눈 흘기며 툴툴대는데
어제쯤 땅에 도착했을 계곡물은
산마루에 올라 보지도 못한 채 하산하면서
사랑질이나 제대로 한번 해 보라고
세월 도둑질 그만하면 충분하다고

이제 막 은행나무 뿌리 옆을
지나온 물이
내 마른 발등에
허기진 입질을 멈추지 않는다

# II

비양도에 가서 알았다

# 바다

바다에 앉아 바다를 보네
어제도 왔었지
내일도 오리라

왜 바다에 오냐고 묻지 말게
바다가 못 오니 내가 올 수밖에
바다도 내게 오려 저리 파도치거늘

# 와온에 가거든

노을 몇 점 주우러 가는 도로에
촘촘한 간격으로 설치된
수십 개의 과속방지턱을 넘으며
상처란 신이 만들어 놓은
생의 과속방지턱인지도 모른다 생각해 보았다
서두르지 말고 천천히 가야 한다는

느릿느릿 도착한 와온 바다
엄지손톱만 한 해가 수십만 평의
검은 갯벌을 붉게 물들이며
섬 너머로 엉금엉금 지는 모습을 바라보자면
일생을 갯벌 게 구멍 속에서 지내도
생은 좋은 일만 같았다

그대여, 와온에 가거든
갯벌 게 구멍 속에 느릿느릿 들어앉았다 오라
밀물이 들기까지 생은 종종 멈추어도 좋은 것이다

# 와온 바다

울어야 할 일 없거든
오지 마라

참을 수 없는 슬픔으로
사나흘 그저 울기만 할 일 없거든
견디기 힘든 아픔으로
네가 있는 자리 눈물바다 만들 일 없거든
결코 오지 마라

와온에 오는 이는
새끼를 잃은 어미 소처럼
음매 음매 울어야 하느니
목숨처럼 아끼던
그 무엇 영원히 잃어버렸다는 듯
운명처럼 믿었던
그 누구 영원히 이별하였다는 듯
음매 음매 사나흘은 울다 돌아가야 하느니

와온은 울어야 하는 곳

와온은 울어도 되는 곳

와온은 울어서 다시 태어나는 곳


저기 아침저녁마다

벌겋게 붉어지는 눈시울을 보라

와온 바다도 먼 길을 걸어가

혼자 울고 돌아온다 돌아와

묵묵히 다시 바닥부터 차오른다

# 와온에 서서

와온 바다 수평선을 가로막고 서 있는 섬들
내 생에도 저런 섬 한두 개쯤 있었겠지
우뚝 서서 파도쯤에는 꼼짝도 안 하며
바다의 걸음을 묶어 두던 운명들

뭍과 섬 사이를 가득 메운 노을은
저무는 바다를 홀로 흘러 떠나가는데
나는 또 누군가의 섬이 되려는지
와온에 서서
짠 파도에 모래알 같은 마음을 씻기고 있었다

# 비양도

비양도에 가서 알았다

생의 절반은 일몰이라는 것을

낮 세 시면 뱃길이 끊어져

어쩔 줄 모르고 파도에 제 몸을 숨기는 섬

소주 한 병을 비울 시간이면

얼굴 가슴 손발을 모두 어루만질 수 있고

소주 반 병을 비울 시간이면

어깨에 앉아 제주라는 섬을 바라볼 수 있는 곳

보다가 가장 작은 섬은 가장 큰 대륙

보노라면 가장 큰 대륙은 가장 작은 섬이었기에

생의 절반은 일출이라는 것을

비양도를 떠나며 뱃멀미처럼 나는 앓았다

# 보길도

사랑 따위가

발목을 붙잡는 건 일도 아니지

보길도에서는

해무가 발목을 붙잡는다

오래전 이 섬에

세상의 눈을 피해

몸을 숨긴 사내 하나 있었다는데

기실은 해무에 운명이 붙잡혔기에

해마다 봄이면

붉은 동백이 피를 토하며

푸른 바다로 뛰어든다

운명 따위가

발목을 붙잡는 건 아니라는 게다

# 백령도

눈물도 부서지는 날이 있는가

마음에 안개 밀려오거든

저 먼 서북단의 섬 백령으로 가자

흰 날개 활짝 펼치고 날아가

콩돌해변에 주저앉아

한 움큼 돌을 움켜쥐고 물어보면

마음이란 모름지기 콩알 같은 것

막걸리 한 주전자로

채워지지 않는 갈증을 달래면

바다도 얼굴이 붉어져

이윽고 해가 지누나

내 또 한 생을 기어코 잘 살았구나

기쁨도 슬픔도 아니게

내 또 한 운명을 기어코 잘 이겼구나

콩알만 한 생각으로 마음을 어르면

이윽고 내 마음이 붉누나

# 홍도

몽돌해변에 앉아
해가 지기를 기다려 본 적 있는가
그곳에서는 하루해가 지는데도
천 년이 걸리느니
기다리는 일 파도 같을 때
홍도로 가라

깃대봉에 올라
해가 뜨기를 기다려 본 적 있는가
그곳에서는 동백꽃 한 잎 피는데도
만 년이 걸리느니
살아가는 일 갯바위 같을 때
홍도로 가라

홍도항에 서서
떠나간 배를 기다려 본 사람은 안다
그곳에서는 사랑이 지는데도
일생이 걸리느니
사랑하는 일 물거품 같을 때
홍도로 가라

# 홍도야 울지 마라

하루 일을 마친 해가

안주도 없이

강소주 두어 병을 비우고 나서야

불그스레한 얼굴로

바닷속을 향해 걸어 들어가는

홍도 몽돌해변에 앉아

술을 마셔 본 적 없다면

그대 울지 마라

그대 조금 더 빈 병이 되어 울어도 좋다

홍도 몽돌해변에서는

천길만길 떨어지는 해도 눈물 한 방울 없이 떨어진다

# 오동도

이 섬에 무언가 있다
겨울에도 꽃을 피워 내는 힘
겨울을 봄으로 바꾸는 의지
눈보라도 축복일 수 있다는 희망이 있다

이 섬에 누군가 있다
붉은 꽃 머리에 꽂은 하얀 피부의 여인
나뭇가지 사이로 들려오는 간절한 기도
동백나무 숲을 거니는 고요한 발자국 소리가 있다

이 섬에 섬이 있다
그대, 꽃만을 보고 왔거든 다시 가서 보라
오동도 동백꽃 속에는 섬이 있다

겹겹 꽃잎 파도치는
붉은 바다 한가운데 앉아
꽃과 파도의 경전을 읽고 있느니

산다는 거 꽃만의 일이겠냐고

산다는 거 파도만도 아니더라고

오동도에는 일 년 삼백육십오 일 봄이 있다

# 사량도

죽어서 다시 태어나

섬이나 되겠네

남해 앞바다 작은 바위섬 되어

일평생 사량도만 사랑하면서

물길에 연서도 부쳐 보고

갈매기로 안부도 캐묻다가

파도보다 그리움 높은 날

사량도에 휩쓸려 가

아예 한 몸이나 되겠네

죽어도 버릴 순 없는데

사랑만으로 이루지 못할 사랑 있거든

사랑은 버리고 사량이나 하겠네

내 사랑 사량도에서

죽어서 다시 태어나겠네

# 울릉도

삶이 너무 잔잔하거나
거친 파도 밀려오거든
독도의 어머니 울릉도
나리분지 넓은 품에 누워
푸른 하늘에 눈 씻어 보겠네
저동항 도동항 천부항
일없이 한나절 어슬렁거리며
이 사람 저 사람 참견이나 하다가
파도 소리에 귀 씻어 내겠네
깍새섬 바라뵈는 식당에 앉아
오징어 안주에 술잔 기울인 후
송곳봉 마주 보며
낮아진 마음 우뚝 일으켜 세워
다시 살아갈 힘 가슴에 품고 오겠네
그 섬, 울릉도에서
뭍때 묻은 이름 하나 씻고 오겠네

# 추자도

살아가는 일보다
사랑하는 일이
더 뼈를 깎을 때가 있다

한 사람이 한 사람을
사랑하는 게 뭐 이리 어렵나
한 사람이 한 사랑을
지키는 게 왜 이리 아등바등한가
울컥 설움이 밀려오는 때가 있다

마음이 유리 같아서도 아니고
마음이 갈대 같아서도 아닌데
다만 운명이 사랑을 허락하지 않아
심장이 물 빠진 갯벌로 변해 가는 날들이 있다

그러나 추자여
만 년 파도에 깎인들
네가 섬이기를 포기하지 않았듯
천 년 유배를 산들

내가 어찌 사랑을 묻어 버리겠느냐

그러니 추자여
내가 어찌 운명에 맞서
마지막 태양이 바다에 뛰어드는 날까지
그보다 뜨거운 불멸의 사랑을
기꺼이 웃으며 춤추지 않겠느냐

# 괜찮다 새여

새우깡 하나 차지하겠다고
대부도 방아머리 선착장에서
자월도까지 쫓아 날아오던
갈매기 한 마리와 눈이 마주쳤는데
어쩐지 못 볼 것을 본 듯한 마음에
먼저 눈길을 피하고 말았다
필경 저 새도 땅에 내려앉는 것이 부끄러워
발목이 붉어졌을 것이다
밤이면 자줏빛 달을 부리에 물고
파랑 같은 울음을 울겠다마는
괜찮다 새여, 하늘을 날기 위해서는
먼저 물 위에 떠 있는 법을 배워야 한다

# 주문진 바다

벤치 네 개 나란히
백사장에 앉아


― 그리움은 진격이야, 부서지지 않으면 그리움도 아니야


수군거리며
온종일 고개 한 번 돌리지 않은 채
수평선만 바라보는 주문진 바다


나, 가장 오른쪽 벤치가 되어
일평생쯤 모래에 발목 묻은 채 살고 싶었네
그리움으로 포말처럼 부서지고 싶었네


시월이었으니
너라도 그랬으리


주문진 바다였으니
너라도 그랬으리

# 무창포

무창포에서나

물어볼 일이다

바다가 둘로 갈라져

앞 섬까지 길 하나 열어 놓더니

물기도 채 마르기 전

제 몸속에 깊숙이 다시 묻어 버리는

수장水葬의 이별법

묻어도 묻어도 묻어지지 않는

사랑 하나 가슴에 있거들랑

무창포에서나 무창 무창

울어 볼 일이다

# 남애항

7번 국도를 달리며 나는 울었네
남애항 포구에 앉아 나는 울었네
세상의 땅끝을 돌아 해질녘에야 찾아온
젊은 날의 이상향이여
아직도 고기잡이배는 항구로 돌아오고
아직도 방파제 너머 고래 떼는 노래 부르거늘
내 가슴 속 작은 고래는 어디로 갔는가
그러나 나는 눈물을 멈춰야 하리
세상의 중심으로 다시 뛰어들어야 하리
오랜 세월 지난 후 이곳으로 돌아오리니
그날에는 늙은 고래 한 마리 나를 반기어
우리의 노래 함께 부르며
설움도 없이
먼바다로 떠나가리라

## 장생포의 여자

장생포에 홀로 앉아 있는
저 여자
더는 태울 가슴이
남아 있지 않아 그럴 게다
진혼의 향 곱게 꽂아
기도 올리네

지금쯤 먼바다에선
고래 한 마리 깊은 잠영 시작할 텐데
곁에 다가서면
고래의 울음소리 들릴 것만 같은
장생포의 여자
손가락 끝으로 붉은 노을만
피워 올리네

# 영일대

영일대에서는

낮보다 밤이 아름답다

어둠이 밀려오면

녹슨 쇳덩어리들이

불의 옷으로 갈아입고

차마 뿌리치기 어려운 손길을

바다에게 내미느니

밤새도록 다가서다 돌아서고

돌아서다 다가서는

영일대에서는

사랑보다 이별이 아름다워

일생 동안 돌아서다 다가서고

다가서다 돌아서는

강철보다 무른 사람들이 밀려와

빨갛게 녹슨 마음을 말갛게 바다에 씻고 간다

# 상주 은모래해변

죽을 만큼 사랑하는 여자와

은모래해변에 누워

밤하늘 쏟아지는 별을 바라본 적 없다면

그 별빛 아래서

파도처럼 키스해 본 적 없다면

그 파도 옆에서

아침 해처럼 사랑 나눠 본 적 없다면

아니, 은모래해변을 들어 본 적도 없다면

그대 아직 죽지 말라

죽을 만큼 사랑한다고 말하지 말라

사랑은 은모래해변에서야

비로소 사랑으로 살았다 죽느니

죽을 만큼 사랑하고 싶은 여자를 만나거든

상주 모래해변으로 가라

모래알 같은 사랑도 영원히 은빛으로 빛나는 곳

# 금능해변

금능해변에서 보았다

한때는 뭍이었던 것이 바다가 되고

한때는 바다였던 것이 뭍이 되는 것을


사람의 만남이 또한 저와 같아

한때는 사랑이었던 것이 이별이 되고

한때는 꽃이었던 것이 가시가 되겠지만


어느 먼 훗날 우리의 사랑이

깊은 바닷속에 잠긴다 해도

너를 향한 나의 그리움은 늘 해초처럼 일렁이리라

# 아야진해변

쓸데없이 세상이나 떠돌다가

미운 사람은 하나 없고

그리운 사람만 남거든

모래가 너무 고와

모진 사람은 살지 못한다는

아야진해변에 누워

봄볕처럼 따뜻하게

지나간 생이나 후회해 보리

그래도 살아 좋았노라고

그래도 사랑해서 행복했노라고

가장 고왔던 이름 하나

백사장에 적어 놓고

마지막 상심과 설움

저녁 파도에 가벼이 부순 후에

모래가 너무 고와

차마 이별을 하지 못한다는

아야진해변에서

사랑했던 모든 것들과

이 세상 가장 고운 이별을 하리

# 바다 32

정암해변에는
모래보다 돌이 많은데
한때 그들은
모두 사람이었다 한다

누군가를 바다의 깊이까지
사랑해 본 사람은
흙이 아니라 돌이 된다

나는 죽어서
정암해변으로 가리라

# 바다 33

– 정동진은 위험하다

정동진역 벤치에 앉아
두 그루 소나무 사이
푸른 바다를 보노라면
세상의 모든 아름다운 것을
전부 가진 것 같아
정동진은 위험하다

기차는 떠나고 도착하고
다시 떠나는데
뭍을 향해 외길로만 달려드는
파도의 함성을 듣노라면
세상의 소중한 일을
모두 이룬 것 같아
정동진은 위험하다

아! 그러나 정동진이 위험한 건
이제는 아무런 슬픔 없이
세상을 버릴 수 있을 것 같아서가 아니라

이제야말로 세상을 풍랑쯤으로나 여기며
망망히 망망히 살아갈 수 있을 것 같기에
겨울을 이겨 낸 봄꽃처럼
정동진은 위험하다

# 바다 98
– 외옹치해변

속초해변 옆에 외옹치해변이 있다
젓가락처럼 나란히 붙어 있어
어디까지가 속초해변이고
어디까지가 외옹치해변인지
어디부터가 속초해변 앞바다고
어디부터가 외옹치해변 앞바다인지
당최 알 수도 없고 딱히 알 필요도 없겠는데
삶과 죽음이 또 저런지도 모를 일이다

# 바다 100
## – 사랑도

사랑으로도
삶이 뜨거워지지 않을 때

한 걸음만 더 나가 보자며
섬 하나 남해로 뛰어들었다

# 썰물도 없는 슬픔

무슨 시인이 술도 안 먹나

외옹치항 바다로 가세

시를 쓰다 술을 마시고

시를 마시다 술을 써야지

해 질 녘 갈매기 흰 날개 펄럭일 때

술 취한 저녁노을에라도 두 눈 멀어야지

그저 아무렇지도 않게 그저 아무렇지도 않게

아 — 7월 동해에

아무래도 어쩔 수 없는 것들

# 운명 같은 사랑 그리운 날엔

운명 같은 사랑 그리운 날엔
뿌리마저 뽑아 들고 동쪽 바다 성끝마을
슬도瑟島로 가자

눈기둥처럼 흰 등대
우뚝 서 있고
흐린 날이면 비가
맑은 날이면 파도가
슬픈 사랑의 노래, 365일 비파琵琶로
연주하는 곳

이따금 섬 뒤편으로 날아드는
갈매기 두 마리,
우산 속에 몸 가리고 날개 비비면
등대의 심장에도 붉은 피 돌아
먼바다 돌고래 떼 가슴께까지 불러들이는 곳

결국에야 갈매기 떠나고 나면
또 한 사연 현무암 바위에

작은 구멍 되어 새겨지고
바람 부는 날이면 수만 개의 구멍
일제히 잔울음 터뜨리는 곳

운명 같은 사랑 그리운 날엔
슬도 바위에 앉아
흰 새 되어 기다려 보라

가을 아침처럼 다가와
꺼지지 않는 불빛
가슴속 등대에 밝혀 놓는 사람 있으니
그대, 다시는 돌아오지 못하리

# III

## 농암정, 세상에서 가장 높은 곳

# 길의 노래

살아 있다면 그대
머무르지 마라
길도 길을 떠난다
길도 길을 잃는다
길이 끊어진 곳에서
길이 운다
길이 이어진 곳에서
길이 웃는다
먼 세상 끝 마침내
길이 하늘에 닿는다

# 농암정

내 사랑이 떠나갔듯이
내 슬픔도 곧 떠나갈 것이다
그러면 나는
사랑도 없고 슬픔도 없는
그 무언가가 되어 여기로 돌아오리
돌아와 사랑도 없고 슬픔도 없는 삶을 살며
그 누구인가, 한때는 사랑도 있고 슬픔도 있던
한 사내를 종종 회상하며 살리
슬픔이 아직 사랑을 따라 떠나가지 않을 때
농암정으로 가라
세상에서 가장 높은 곳
사랑도 슬픔도 한 사내도 이미 없는 곳

# 초평호 1

운명 같은 여자 하나 손 붙잡고
한나절쯤 물가에 앉아 바라보면
호수가 아니라 강이었다가
강이 아니라 바다였다가
바다가 아니라 눈물이었다가
눈물이 아니라 샘물이 되는
그러다 해 질 무렵에는
이별이 아니라 사랑이 되는
사랑이 아니라 운명이 되는

# 초평호 2

한 번도 떠나가 본 적 없겠지
한 번도 돌아가 본 적 없겠지
죽는 날까지 사랑만 하고 있을 호수
죽는 날까지 이별만 하고 있을 호수
그 푸른 가슴 위에
사랑해, 사랑해, 적어 놓는다

# 우포에서 쓴 편지

우포를 걷다
당신을 생각했네
이보다는 더 큰 늪일 게라고
일생을 돌고 있는데도
아직 다 못 돌았으니

우포거나 당신이거나
비슷하기로는
바닥까지 닿아 본 적 한 번도 없이
일생 동안 둘레만 돌고 있다는 것이기에
우포를 걷다
우포, 우포, 나는 울고과 울었네

이 편지 그대에게 닿지 못하리니
무연한 수면 위에
한 글자 한 글자 옮겨 적기를
우포여, 그의 사랑도 가끔은
아퍼, 아퍼, 애면글면 울먹이는가

# 농다리

갈 곳 없으니 발길 느리고
할 일 없으니 손길 느리네

찾는 이 없으니 세월 더디고
돌아갈 이 없으니 상처 더디네

농다리 물은 무슨 일로 길을 다투나
그리움이 저와 같다면 벌써 닿았을 텐데

# 안반데기

노란 고갱이가 있어
배추 잎이 푸른 것인지
노란 고갱이를 지키려
배추 잎이 푸른 것인지

내 안에도 아직
노란 고갱이가 남아 있는지
내 삶도 아직
푸른 빛을 띠고 있는지

천백 미터 높이에서
살아가는 바람에게
뜬구름 같은 질문
몇 개 물으러 가는 곳

바라는 대답 듣지 못해도
언제나 꽉 찬 마음으로 돌아오는 곳

# 양양에서

기다리지 마라
돌아갈 사람이 양양까지 왔겠느냐
찾아오지 마라
만나질 사람이 양양까지 왔겠느냐

어찌해도 그리움 가눌 수 없는 날
바람에 흩날리는 꽃잎처럼 발길 닿거든
남대천에 잠시 손이나 적시고 가라
그 물길 예서도 더 먼 길을 흘러가야
마침내 바다 되어 사라지느니

물어보지 마라
떠나갈 사람이 양양까지만 왔겠느냐
영영 사랑해야 할 것들
아직도 먼 길을 강물처럼 흘러가고 있겠느냐

# 하조대

하조대 앞
바위섬 하나

바위섬 위
해송 한 그루

긴 가지 끝
흰 새 한 마리

동해 푸른 물에
제 얼굴 비추며 우네

동해 푸른 물에
님 얼굴 떠올라 우네

# 청초호 3

미시령에서 길 떠나올 제
사람들 상한 마음 씻어 주고
청호동에 잠시 머물며
푸른 하늘의 얼굴을
옥빛으로 닦아 주더니
마침내 먼 바다로 흘러가
동해의 맑은 피가 된다
그대 얼굴 비춰 보지 마라
남은 날을 어찌 살아가리

# 겨울 속초

호수엔
철새가 날아들고

바다엔
파도가 넘나들고

먼산엔
눈이 쌓이고

사람의 마을엔
그리움이 드나든다

## 의암義巖

반듯한 사각의 바위
논개 뛰어내린 지
430년째 강물에 잠겨 있다

씻어도 씻어도
씻겨지지 않는 치욕이기에
오늘도 남강은 녹이 낀 채 흐르고
촉석루 의로운 깃발은
남풍이 불 때마다 목을 놓아 운다

다시 천 년이 지난 후에도
저 바위 모서리 깎이지 않으리니
누군들 둥글둥글 살고 싶지 않았으랴
의는 각을 세워야만 지킬 수 있는 것임을

# 남이섬 연가

얼어붙은 겨울강이
밤새 쩡쩡 울던 남이섬,
영원할 듯 불타오르는 모닥불 앞에서 알았다
사랑이란 숯불 몇 개 만드는 일이라는 것을

어느 먼 날
초승달처럼 야위는 밤이 찾아오더라도
보름달로 힘껏 부풀어 오르는 상현달처럼
너의 가슴에 하늘 높이 떠오르고 싶었다

밤하늘에 눈송이처럼 흩날리는
존 레논의 〈오 마이 러브〉를 들으며
메타세쿼이아는 조금 더 키가 자랐고
얼음 밑에서는 숯불 하나 빨갛게 피어올랐다

# 가창오리 군무

금강 하굿둑에
마지막 햇살이 내려앉자
고요히 수면을 박차고 날아올라
유유히 하늘을 헤엄치는 흑고래 한 마리

너는 누구의 꿈인가
하늘을 벗어나 심해를 유영하고 싶은
가창오리의 꿈인가
바다를 벗어나 푸른 창공을 날고 싶은
고래의 꿈인가
금강에서 시베리아까지 떠돌고 싶은
어린 집시의 꿈인가

이제 막 어스름이 밀려드는 저녁
아직 밤도 깊지 않았는데
새날을 기다리는 이른 꿈 하나
바다에서 솟아올라 하늘에서 춤추다 땅으로 돌아간다

# 경화역

4월에는 경화역으로 가자
오래인 벚꽃나무 아래 앉아
일생을 멈추지 않고 지나가는
기차를 향해 손을 흔들면
사랑은 져도 꽃은 다시 피어나는 곳

어느덧 꽃잎 흩날려
어깨 가슴 곱게 뒤덮는 저녁이면
꽃은 져도 사랑은 다시 피어나는 곳

4월에는 오래도록 경화역으로 가자
사랑은 져도 사랑은 다시 피어나는 곳

# 섬진강

물 한 잔 마실 시간쯤
물끄러미 바라보면

사람을
강으로 만들어 주는 강

태어난 곳으로
다시 돌려보내 주는 강

죽어 사라질 곳으로
미리 보내 주는 강

찰나의 삶을
영원의 물결 속으로
잠잠히 흘러들게 만드는 강

# 삼강주막

후회도 없을 여자야

우리 악착같이 손 붙잡고

여기나 가자 여기나 가서

너는 늙은 주모가 되고

나는 주름 많은 뱃사공이나 되자

손님도 받지 말고

아무도 건네주지 말고

너는 내게만 술을 따르고

나는 네게만 낙동강을 건네주며

동그란 모래톱에 뗏목처럼 누워

천삼백 리 강물 소리에

막걸리 넘치는 소리나 아득히 섞어 흘려보내자

누가 막걸리 한 잔을 마시러 예까지 오랴

우리가 그러하려니

네가 막걸리 한 잔을 비우고

내가 막걸리 두 잔을 비우다

야금야금 주전자를 비우고

살금살금 독까지 모두 비우면

네 속에 담겨 있던 슬픔과

내 속에 차 있던 설움이

애오라지 낙동강 물을 따라

남으로 남으로만 떠내려가리라

그런 후에야 우리가 마지막 잔을 부딪치곤

새벽하늘 잔별을 헤아리려니

누가 막걸리를 마시러 예까지 오랴

낙동강 물에 흘려보낼 그 무엇 하나 없다면

천삼백 리 함께 흘러갈 목숨 같은 사랑 하나 없다면

# 등대 카페

강원도 하조대에 등대 카페가 있고
등대 카페에 두 개의 바위틈이 있는데
두 개의 바위틈으로 바다를 바라보면
수평선이 조금 기울어져 있다
왼쪽보다 오른쪽이 높은데
뱀이 찾는 것이 그것이었을 게다
평평하지 않은 곳
한쪽이 한쪽보다 낮은 곳
올라가지 못할 때 내려갈 수 있는 곳
눈물이 스스럼없이 흘러내리는 곳
가을바람 소리가 목메어 울거든*
등대 카페로 가라
두 개의 바위틈 앞에 앉아
커피거나 막걸리거나 잔을 채우면 알게 되리니
조금 기울어져 산다 한들
생은 상심할 그 무엇도 없다는 것을


*박인환의 시 「목마와 숙녀」에서 구절 인용.

# 고독 카페

남애항 고독이라는 이름의 카페에서
커피를 마셔 보면 안다

이 세상에서 가장 고독한 건
사람이 아니라 항구라는 것을

비워도 비워지지 않는
고독이라는 이름의 커피 한 잔

남애항에서는 항구가
가장 쓴 커피를 마신다

# 정동진 카페

밤을 지나온 기차가
정동진역에 멈춰 서면
사람들은 카페를 향해
전속력으로 달려간다
마침내 빈자리 하나 차지하면
뜨거운 안도의 숨결이 물결치고
커피 잔 속에는 바다보다
먼저 해가 떠오른다
그 뜨겁고 진한 일출을
지켜본 사람은 알리니
정동진에서는 커피가
가장 깊은 생의 바다다

# 갈치호수로 오라

경기도 군포 갈치호수
갈대가 바뀐 말이라고도 하고
가뭄을 다스린다는 말이라고도 하지만
가난한 시인에게야
어니 한 번
갈 데까지 가 보겠다고 가는 곳
학생이 학교를 가듯
회사원이 직장을 가듯
오늘도 노트 한 권 들고 출근을 한다

그리 넓지 않은 호수에
그리 높지 않은 산 하나 추억처럼 잠겨 있고
산책로 따라 한가로이 걷다 보면
산자락 아래 아담히 자리 잡은 카페 있어
이름은 이백인데 모습은 황진이라
재주 없는 시인의 손길이 불현듯 바빠지고
순정 잃은 시인의 가슴에도 불길이 확확 이네

봄이면 꽃잎이

여름이면 나뭇잎이

가을이면 단풍이

겨울이면 흰 눈이

고즈넉한 호수의 품으로 훌쩍 뛰어들어

아침이면 물안개로 피어나고

밤이면 밤안개로 내려앉는 곳

낮이면 바람도 발길을 멈추고

큰 나무 세 그루에 걸쳐 앉아 단잠을 청하니

시인도 꿈길을 나서 이백과 담소하네


누구라도 이곳에선 시인이 되니

커피 한 잔이면 시가 세 편이요

누구라도 이곳에서 연인이 되니

커피 두 잔이면 사랑이 세 달이네

그대, 시가 써지지 않거나

그대, 사랑이 그리운 날은

이곳으로 오라

경기도 군포 갈치호수

그대의 마음 갈대와 같이

허공에 자유로워지고

그대의 가슴속 갈증

단비로 흠뻑 적셔지는 곳

내 오늘도 그대를 기다리는 곳

# 월하독작 月下獨酌

갈치호수 이백 카페에 달 떠오르면
은파는 바람에 출렁이고
꽃들은 상사에 잠 못 이루네
내 어찌 그림자 벗 삼아 술을 마실까

한 잔을 비우면 호수가 노래 부르고
두 잔을 비우면 꽃들이 어깨춤 추네
세 잔이야 잠시만 기다려 보아라
이제 곧 달빛 따라 두보 걸어오리니

# 틈

시가 써지지 않거나
생활이 부족한 날은
아무래도 술 생각이 간절해져
군포 갈치저수지를 지나
털보네 슈퍼 뒷마당에 앉아
걸쭉한 막걸리
한 주전자 가득 청해야 한다

두어 잔쯤 마시다 보면
어쩐지 왼쪽 의자에는
내 얼굴만 빤히 쳐다보며
술과 안주에는 일체 손도 대지 않는
여자 하나 앉아 있는 듯하고
서너 잔쯤 마셨다 치면
틀림없이 오른쪽 의자에는
세상에서 가장 맛있다는 듯이
막걸리 한 잔을 쭈욱 들이킨 후
김치 쪼가리 냉큼 집어다 먹으며
손가락 쪽쪽 빨아대는 여자 있기 마련이고

예닐곱 잔쯤 마셨을 무렵이면

반드시 맞은편 의자에는

나보다 더 술에 취한

발그레한 표정으로

네까짓, 그까짓, 흥흥흥

대뜸 욕지거리 늘어놓는 여자 있어라


문학은 모르오

예술은 무관하오

철학은 개똥이요

삼삼한 음담패설이나

실컷 주고받다가도

내 잠시 겸연쩍은 생각에

탁자 위에 엎드려 얼굴 숨길 때

문득,

나무와 나무 사이

널판과 널판 사이

갈라진

틈

너머

늘

저편에 존재하고 있던

또 하나의 세상 보여라


바늘구멍을 통과해야만 하는

낙타의 눈빛으로

물끄러미 그 세상 바라볼 적에

이윽고 부끄러운 마음이 생겨나는 것은

저 건너편 세상 때문이 아니요

내 눈에 보이지 않던 세상 뒤편을

한눈에 꿰뚫어 보게 만들어 주는

벽과 경계의 이면을

고스란히 드러내 보여 주는

틈,

그 틈만도 못한

시를 쓰고 있는 것은

아닌지

그 틈보다 좁은

일생을 살고 있는 것은
아닌지

아무래도
시나 생활이 부족한 날은
털보네 슈퍼 뒷마당
탁자 위에 엎드려
넓고 길쭉한
틈
하나 찾아야 한다

그
틈
끝내
건너갈 때까지

# 푸른별 주막에 앉아

인사동 안국역 6번 출구

푸른별 주막에 홀로 앉아

벽면에 자리 잡은

천상병 시인에게 권주하는데

주모 다가와

막걸리 한 주전자 더 마실 요량이느냐 묻네

맑은 하늘에 무슨 횡재인가

골든벨을 울렸다는

옆자리 선남선녀 바라보는데

한 여성의 가슴 위에

또렷이 적혀 있는 세 글자

필유용必有用


놀란 가슴 진정시키며

저것이 무엇이냐

두 손으로 머리 감싸고 쥐어짤 적에

문득 떠오르는 문장 있으니

천생아재 필유용天生我材 必有用이라

가려져 있는 가슴을 살짝 들춰

어떤 글자를 숨겨 놓았는지 알고 싶은 생각에

불같이 목은 타들어 가고

공술이라 좋을시고 연거푸 술잔 비우며

봄날 저녁의 가난한 소풍을 즐기는데

아무래도 의심스러운 것은

도대체 나는 어떤 필유용必有用이냐

하늘이 낳았는데 땅은 쓰지를 않고

남기고 싶은 글자 많건만

세상에 적어 놓을 땅 없더라


하여도 나는

푸른별 주막에 밤새 앉아

술잔 위에 떨어지는 별똥별을

모두 주워

내 붉은 이마에

필유성必有成 세 글자 아로새기리

귀천의 날 밝아 올 때까지

# IV

## 운주사에서는 천 불이 함께 모여 산다

# 아침 편지

무사히 잘 도착하였소
바람이 차니 옷깃 잘 여미시고
세끼 식사 꼬박꼬박 잘 챙겨 드시오

선한 사람들 미소 보며
고단했던 마음 달래고
아름다운 풍경 보며
맑은 눈 더 곱게 씻으시오

많이 웃고 많이 소곤거리다
혹시라도 그리운 생각이 들거들랑
남쪽 바람 소리 귀 기울여 보시오
해랑사 해랑사 애달프게 속삭일 터이니

이제 곧 무탈한 모습으로 다시 돌아와
그 먼 나라의 불꽃 같은 이야기 들려주시오
그 먼 나라에서도 가슴속에만
꼭꼭 담아 두었던 이야기 들려주시오

그대, 바람이 차니 마음 잘 여미시오

그대, 이른 봄처럼 돌아오기만을 기다리겠소

# 해당화

해어화 아름답다 말하지 마라
낙산사 홍련암에 가면 알게 되리니
해당화는 부처님 말씀도 알아듣는다네
목탁 소리 울릴 때마다 더더욱 붉어지는 얼굴

# 선운사

아무래도 헤어지기 어려운 여자와
선운사 대웅전 뒤쪽으로 함께 가
이별은 동백꽃 모가지째 떨어지듯이 하잔께
말하였더니 그 여자 눈물만 송이송이 떨어뜨리며
이제 막 땅에 떨어신 동백꽃 하나 주워 들고는
참, 징하요, 말하는 것이더라

# 동백에게 죄를 묻다

동백꽃 피었다 질 제
선운사에 발길 닿았네
바람은 천 년
부처님 미소는 일만 년
나그네 찻잔 들었다 놓아도
영겁의 시간 흐르건만
동백꽃 불타던 가슴아
봄 한철이 어인 덧없음이냐
사랑이 쉬이 짐이
네 탓이라 말하리

# 선암사

선암사에 가 보면 안다
겨울을 지나온 매화는
밤에도 향기를 멈추지 않는다는 것을
선암사에서는 매화가 가장 불심이 깊다

선암사에 가거든 물어보아라
이별을 지나온 사랑은
어떤 향기를 드높이 피워야 하는가
선암사에서는 겨울을 지나온 사랑이
가장 그리움이 깊다

선암사에 매화 피거든
매화길 담벼락에 기대어 서서
백매화 홍매화 수런거리는 소리를 들어 보아라
선암사에서는 겨울을 지나온 목숨이
가장 사랑이 깊다

# 화암사

사람이거나 사랑이거나 생이거나
그 무엇에게
버림받았다고 느껴질 때
강원도 고성 화암사로 가라
그곳에 천하 3경 있으니
하나는 수바위요
하나는 란야원이요
하나는 노승의 웃음소리라
란야원에 앉아 노승의 웃음소리 들으며
수바위 바라볼 때
사람도 사랑도 생도
어쩐지 네가 버리고 떠나온 듯이 느껴지리니
화암사에 가거들랑
다시는 버리고 떠나오지 마라

# 화암사 나뭇잎

화암사 뒤편 계곡물에
나뭇잎 한 잎을 띄웠어요
삿된 마음 모두
흘려보내고 싶었던 게지요
그런데 그만 다섯 걸음도 가지 못해
나뭇잎이 물줄기에서 벗어나고 말았어요
어쩌나 어쩌나 발만 동동 구르는데…
그 나뭇잎 아무렇지도 않다는 듯
가장자리를 따라 빙글빙글 돌며
조금씩 조금씩 위쪽으로 올라가더니
마침내 물줄기에 다시 합류하는 것이었어요
그때 나는 알았답니다
삶이란 나뭇잎 한 잎보다도 몽매하다는 것을

# 화암사 백상암白象岩

여섯 개의 상아를 가진 코끼리
동방의 땅 금강산 제일봉에 닿았네
중생들 법의 자락 붙잡아
부처님 자비를 베푸시니
다섯 개 상아는 백상白象의 바위 되고
한 개 상아는 화암사가 되었네
아직도 초파일 밤이면
대웅전 앞에 무릎 꿇는 흰 코끼리 한 마리

# 화암사 쌍사자 전설

화암사 대웅전 앞 계단을

푸르르 푸르르 걸어 내려오는 저 눈빛 언제였을까

오래전 한 번은 마주친 눈빛

오랜 후 한 번은 다시 마주치고 싶던 눈빛

걸음을 멈춰 선 젊은 스님

난간을 장식한 연꽃잎 조각만 만지작거리는데

쉰아홉 계단에야 찰나의 시간만 흘러

그 눈빛, 풍경 소리처럼 사라져 버리고

스님 눈에는 빛바랜 단청 같은 시간만 흘러

계단 아래 두 마리 사자는 밤새 으헝 으헝 울었습니다

# 해탈나무

강원도 화암사 수암정 옆

해탈나무 한 그루

몸통은 썩어 절반이 비었어도

가지는 푸르러 하늘을 뒤덮었네

살아가는 일 마른 낙엽처럼 느껴질 때

수암정 탁자에 앉아 밤새 취하도록 마셔 보라

누군가 다가와 등 두드려 주며 말하리니

괜찮다 괜찮아 괜찮다 괜찮아

살아가는 일 사랑하는 일

늦가을 마른 낙엽처럼 산산이 부서질 때

화암사 수암정 해탈나무에게 물어보라

괜찮다 괜찮아 괜찮다 괜찮아

# 란야원蘭若院*

수바위에 눈을 씻고

풍경 소리에 귀를 씻고

차향에 마음을 씻는 곳

앉아서 108배를 수행하니

돌아가 세상을 씻기네


*란야(蘭若) : 한적한 수행처, 절이나 암자

# 비선대

신선 되기 어려워라

숲향에 취해 발길 멈추고

주향에 취해 걸음 쉬다가

인향이 그리워 발길 돌렸네

선계는 잠시라도 맛보았으니

여생은 선인의 시늉으로 살아 보리라

# 구인사

시인, 스님
마주 앉아
차를 마시네

부처님 보기에
참 좋으시더라

이번 생에
꼭 성불하거라

구인사 경내
만월 한 보시

# 적멸

적멸은 왜 높은 곳에만 존재하는가
구인사 적멸보궁 가는 길, 적멸하다

하산!

# 건봉사 배롱나무

건봉사 적멸보궁 입구
배롱나무 두 그루
길가 양쪽에 마주 보며
떨어져 있네
부처님은 모르셨으리
아셨다면 한쪽으로
나란히 심어 놓으셨을 텐데
적멸보다 사랑이 더 큰 성불이다
말하셨을 텐데

# 불이지연不二之緣

만 일 동안 염불을 드리면
극락왕생한다는 만일염불회

건봉사 팽나무도
오백 년째 염불을 드리건만

불이문 지날 때 부처님 말씀
현생이 전생이요 왕생이 현생이라

멀리 떠나온 후에야
그대와 내가 둘이 아님을 알았네

멀리 떠나온 후에도
그대와 내가 둘이 아님을 알았네

# 청일박請一泊

봉황이 날아간 자리에
만일염불의 불심이 모이니

약수는 폭포를 이루고
계곡수는 독경을 이루네

고승이 떠돌이 시인에게 차를 대접하니
불이의 법이 건봉사에서 이뤄지네

# 건봉사

능파교는 돌다리
연화교는 나무다리

건봉사에 오거든
공양은 꼭 먹고 가거라

# 신흥사

천 년 고찰에 앉아
만 년 법향을 흠향하니
오십 년 잡목에도 염화미소

# 낙산사

살아가는 일
시계추와 같아 훌쩍 길 떠났지

낙산사 백사장
흔들의자에 앉아 동해를 바라보니

세상의 부귀공명이
허공을 오가는 그네와 같네

# 삼화사

무릉을 믿지 않았는데
두타산 삼화사에서 보았네

계곡을 흐르는 물은
십만대장경이요

절벽 위 우뚝 솟은 소나무는
백만대장경이라

신선을 찾지 마오
모두 부처가 되었네

# 동화사

승시 축제가 끝난

동화사를 함께 걸어 내려오다

바람에 쓰러진

작은 국화 화분을

바로 세워 주는

너의 모습을 보며 나는 알았다

우리 함께 살아가는 동안

언제고 바람 부는 날이 없으랴마는

그날에도 너는 나를

따뜻한 가슴으로 일으켜 세워 주리니

우리 함께 사랑하는 동안

가을 국화처럼

나의 가슴을 노랗게 물들이며

오랜 동화처럼

변함없이 너만을 사랑하리라

# 망월사

늘 그렇듯 무식한 내가
오색약수터 망월사 언덕을 오르다가
기다림은 생각도 못 하고
잊는다 생각하였다

달도 잊고
해도 잊고
구름도 잊고
바람도 잊고

아니, 너를 잊고
또 한세상을 잊고
눈물 같았던 한 사랑도 잊고
죽는 날까지 기억하리라던 맹세도 잊는 날

기다려야지
달은 달처럼 뜨고
해는 해처럼 뜨고
별도 별처럼 떠서

내 가슴에 아스라이 강물 멀리 흐르는 날

늘 그렇듯 가슴 졸이는 내가
달을 기다린다는 낯선 절 입구에 들어서며
두 손 모아 기도드리는 건
나를 기다리는 누군가를 믿는 까닭이다
나를 기다리는 누군가가 있어
그림자나 그늘 같은 건 잊는 까닭이다

사랑이여, 죽는 날까지
너의 이름 외에는 모두 잊으리니
너는 나를 일평생 기다리던 달처럼 기억하여라

# 운주사

운주사 불사바위에 앉아
낮은 곳을 바라보면
세상의 모든 것을 버릴 수 있겠는데
오직 그대만은 버릴 수 없어
꽃무릇보다 붉어진 마음을 안고
독경 소리처럼 나는 울었다
그대여, 언제고 운주사에 오시거든
아는 척 꽃무릇에게도 눈길 한 번 주고 가시라

# 운주사 꽃무릇

하루 동안 천불천탑을 세우면

새 세상이 열린다는 운주사에

이루지 못할 사랑 이뤄 보겠노라

일만 십만 꽃무릇이 붉게 피어나는데

와불님도 못 이룬 사랑이 있는 겐가

자리를 비워

떨어진 꽃무릇 탑만 천 년을 쌓다 돌아왔다

# 천불천탑

사람이나 사랑 때문에
마음에 응어리지는 날에는
운주사로 가라
응회암으로 만들어져
바람에도 쉽게 부서지는
부처님들을 보노라면
사람의 마음이 화강암으로
만들어지지 않은 것도
그다지 불평할 일은 아니라고
사랑도 응회암 사랑이
더욱 따뜻한 법이라는 걸 깨닫게 되리니
부처님도 홀로는 외로워
운주사에서는 천 불이 함께 모여 산다

## 와온에 가거든

초판 1쇄 발행  2022년 11월 28일
지은이  양광모
펴낸이  김선기
펴낸곳  (주)푸른길
출판등록  1996년 4월 12일 제16-1292호
주소  (08377) 서울시 구로구 디지털로 33길 48 대륭포스트타워 7차 1008호
전화  02-523-2907, 6942-9570~2
팩스  02-523-2951
이메일  purungilbook@naver.com
홈페이지  www.purungil.co.kr

ISBN 978-89-6291-989-9  03810

© 양광모, 2022